LE PERROQUET

6ᵉ SÉRIE IN-12.

LE
PERROQUET

(IMITÉ DE L'ALLEMAND)

PAR NELK.

LIMOGES

EUGÈNE ARDANT ET Cⁱᵉ, ÉDITEURS.

LE

PERROQUET

———— · ⪡◇◇◇⪢ · ————

I. — Le comte Rodolphe de Hügel.

Le comte Rodolphe de Hügel passait na-
guère le printemps et l'été dans ses terres,
avec sa femme et sa fille unique. Les envi
rons étaient d'une beauté admirable. Le
château s'élevait sur une colline; et, à
quelques centaines de pas, était une forêt
de sapins. La colline se terminait en une
vaste et belle plaine, que couvraient de ri-
ches moissons. Déjà le vent qui faisait
courber la cime des sapins agitait douce-

ment les blés mûrs. Entre la colline et la forêt se trouve un petit lac circulaire, qui pénètre un peu dans la forêt. C'était un véritable plaisir que de voir, du château, la surface du lac, soit qu'il fût pur comme un miroir, soit que le vent en ridât la surface. Le devant du château donnait sur une montagne d'élévation moyenne, qui bordait l'horizon; et au loin s'étendaient des métairies dont les jardins peuplés d'arbres fruitiers étaient au printemps si couverts de fleurs, qu'on les eût prises pour de la neige. De là jusqu'à la ville on ne voit pas une seule colline, et tout cet espace est semé de beaux villages et de hameaux. Un chemin conduisait du château à la capitale, qui se déroulait au pied de la montagne avec ses tours orgueilleuses.

Le roi faisait sa résidence dans cette ville; c'était un des meilleurs princes; il ne cherchait que le bonheur de ses sujets et le triomphe de la vertu. Ils l'aimaient

aussi, et voyaient en lui le père du peuple.
Personne ne portait ses regards vers la capitale sans lever les yeux au ciel, et dire
dans son cœur : Notre père, qui êtes au
ciel, conservez-nous notre prince. Le comte
Rodolphe en faisait de même chaque fois
qu'il portait les regards vers la ville. Il
attendait avec impatience l'instant de
reparaître devant le roi ; souvent il repé-
tait : Seigneur, vous savez qu'on m'a
traité avec injustice dans la dernière
guerre, j'ai été malheureux sans qu'il y
ait de ma faute ; c'est vous qui avez voulu
que nous fussions humiliés. Il fallait que
je perdisse cette bataille puisque vous
l'aviez ordonné. Le roi pense que jai trahi
le pays, mes ennemis ont répandu ce
bruit pour me perdre, et m'ont fait éloi-
gner. Il ne me reste plus que la consola-
tion de savoir que je ne me suis pas rendu
indigne de vous.

L'épouse du comte, nommée Adélaïde.

remarquait souvent son air pensif; elle s'asseyait près de lui et s'efforçait de le distraire par des discours agréables. Quelquefois il lui échappait des plaintes sur son malheur, et son épouse lui disait : Jamais nous ne tomberons dans le besoin; s'il en était ainsi, nous ne devrions pas encore nous plaindre : c'est que Dieu l'aurait voulu, et il ne nous abandonnerait pas. Peu t'importe d'être tombé en disgrâce dans l'esprit du roi, pourvu que tu sois en grâce devant Dieu.

Un soir que Rodolphe était assis tout pensif à la fenêtre de son château, Adélaïde lui dit : Si personne ne connaissait la marche du soleil, il penserait qu'il disparaît pour toujours, cependant dans peu d'heures il nous éclairera de nouveau; qui sait s'il n'en sera pas de même pour toi. Peut-être sortiras-tu de ta disgrâce plus brillant que jamais, et si ce n'est pas dans ce monde, ce sera dans l'autre.

II. — Le Perroquet.

Le comte et son épouse trouvaient dans
leur fille Cunégonde un sujet de consola-
tion et de joie. Cette charmante enfant,
qui avait environ dix ans, était douée des
plus aimables qualités. Elle lisait dans les
regards de ses parents, les désirs qu'ils
manifestaient, et elle s'empressait de les
accomplir. Quoiqu'elle fût déjà pleine de
sagacité et d'intelligence, elle ressemblait
à la colombe par la simplicité de son cœur.
Ses manières étaient gracieuses, et l'on ne
remarquait pas le plus petit défaut dans
toute sa personne. Cunégonde était toujours gaie et affable, et la pureté de son
cœur se peignait dans toutes ses actions.
Il lui était impossible de blesser qui que
ce fût par la raillerie. Elle éprouvait les

sentiments d'une tendre piété pour les
pauvres ou pour ceux qui souffrent, et sa
mère ne pouvait lui causer une plus grande
joie qu'en faisant l'aumône aux malheureux. Toutes ces vertus étaient unies chez
Cunégonde à une piété sincère. Elle priait
avec plaisir, et sa piété faisait l'édification
des personnes pieuses. Lorsque le comte
l'avait vue prier, il disait à Adélaïde :
Qu'y a-t-il de plus beau sur la terre que
de voir un innocent enfant élever ses pen-
sées vers Dieu?

Cunégonde devait à ses parents toutes
les qualités dont elle était douée ; ils ne né-
gligeaient rien de ce qui pouvait contribuer
à lui donner une bonne éducation. Adélaïde était surtout inépuisable dans l'art
de tirer parti des moindres choses, pour
en faire pour sa fille un sujet de leçons.
Elle cherchait aussi à procurer à l'enfant
tous les amusements de son âge; elle lui
acheta un jeune perroquet qu'elle lui

donna le jour de sa fête. Cunégonde fut enchantée de ce présent : elle ne cessait d'admirer le brillant plumage de son cher oiseau, et sa vivacité. Ils ne tardèrent pas à être fort amis, et à se faire réciproquement mille niches. Elle se privait de mille friandises pour les donner à son perroquet, et n'avait jamais de plus grande joie que de le voir se tenir sur une patte, et manger délicatement ce qu'elle lui présentait, en le portant à son bec avec son autre patte.

La sage Adélaïde prit occasion des différentes manières d'être du perroquet, pour en faire le sujet de leçons utiles. Un jour qu'elles étaient toutes deux assises à la table à ouvrage, et que le perroquet voltigeait autour d'elles, en faisant mille petites agaceries : Ton favori a un bien vilain défaut, il dérobe tout ce qu'il trouve, même ce qui ne peut pas lui servir. Déjà il se fait un plaisir du vol, et beaucoup de

gens lui ressemblent; ma chère Cunégonde, ne dérobe jamais la moindre baga-
telle, car on commence par s'approprier
un objet de peu de valeur, et l'on arrive
peu à peu à des choses plus importantes.
N'oublie pas qu'on doit éviter ce défaut
avec le plus grand scrupule, et ne jamais
rien prendre, quelque grand que soit son
désir, sans l'avoir demandé à ton père ou
à moi; fais-le quand même tu penserais
que nous te l'accorderions.

Une autre fois, Adélaïde parlait à Cunégonde de son aïeul. Mon père, lui dit-elle,
m'avait aussi donné un perroquet. Cet oiseau me plaisait autant que te plaît le tien.
Un jour, c'était en hiver, la femme de
chambre laissa la bassinoire sur le poêle,
le perroquet était seul dans la chambre; il
enleva un petit charbon enflammé, et
quand la servante revint, le canapé et le
tapis étaient enflammés. Il faut, ma chère
enfant, que je te donne une leçon qui

restera profondément gravée dans ton esprit : chacune des paroles outrageantes que tu te permets contre quelqu'un est semblable à un charbon brûlant ; renonces-y, si tu ne veux susciter des inimitiés qui ne s'éteindront jamais.

Un jour, Adélaïde perdit une bague de prix ; Cunégonde et la femme de chambre la cherchèrent longtemps en vain. Eh bien ! s'écria la femme de chambre, il ne faut pas la chercher si longtemps, la fille du jardinier a apporté ce matin des fleurs dans cette chambre, c'est elle qui l'a détournée. Cunégonde fut pénétrée de douleur en entendant ces paroles. Adélaïde ne répondit rien, mais elle prit un visage sévère.

La pauvre jeune fille ayant appris l'accusation dont elle était l'objet, pleura amèrement, et protesta de son innocence, cependant, le soir, la bague fut retrouvée, et l'on reconnut que c'était le perroquet qui l'avait dérobée.

—Vois, ma fille, dit Adélaïde à Cunégonde, combien il est dangereux de soupçonner légèrement la probité de ceux avec lesquels nous vivons. Si j'avais ajouté foi aux paroles de la femme de chambre, j'aurais accusé la fille du jardinier d'un larcin dont elle ne s'est pas rendue coupable.

Cunégonde descendit rapidement l'escalier, et alla consoler la pauvre jeune fille, en lui faisant connaître le véritable voleur.

Il arrivait souvent que le perroquet derobait soit une bague, soit une cuiller, soit un objet brillant. Cunégonde n'accusait personne : elle se mettait à chercher l'objet qui avait disparu, et jamais elle ne manquait de le retrouver.

— Vois, ma chère fille, disait Adélaïde à Cunégonde, combien ton perroquet est sot. Dès qu'il aperçoit quelque chose briller, il pense qu'il a de la valeur, et il s'empresse de s'en emparer. Il y a malheureusement beaucoup de jeunes filles qui se laissent prendre au même piége; ne les imite pas, et rappelle-toi le proverbe qui dit : Tout ce qui reluit n'est pas or.

Les espiègleries du perroquet devenaient chaque jour plus fortes, et Cunégonde était souvent sur le point de perdre patience. Elle s'en plaignit un jour à sa mère, en ajoutant qu'elle devait oublier ses défauts, et ne songer qu'à ses bonnes qualités. Adélaïde sourit, et lui répondit : Mon enfant, il en est des hommes comme de ton perroquet. Les hommes ont leurs défauts, et souvent excitent l'impatience de ceux avec qui ils se trouvent; mais il faut se rappeler leurs vertus et leurs excellentes qualités, pour être reconciliés avec eux.

Ainsi, le perroquet de Cunégonde n'é tait pas seulement pour elle un simple

sujet d'amusement; mais encore il devenait pour elle une cause de sages leçons.

— Ma fille, lui dit un jour le comte, tu as
laissé trop de liberté à ton oiseau; il faut
maintenant que tu fasses son éducation :
il a des talents, sa mémoire est excellente;
il faut que tu le dresses, sans cela il ne
sera jamais propre à rien. Si nous te lais-
sions folâtrer tout le jour, ton éducation
serait nulle; il en sera de même de ton
oiseau; apprends-lui à parler, tu verras
que son éducation deviendra pour toi une
nouvelle source de plaisir.

Elle suivit le conseil de son père; et
l'oiseau, qui avait alors vécu en liberté,
fut obligé de se résigner à passer la nuit
dans une cage. Elle lui parlait matin et
soir, et lui répétait, chaque fois qu'il avait
pris son repas, ces deux vers que le comte
lui avait faits à cette occasion :

Rodolphe est fidèle à son roi;
Jamais il n'a trahi sa foi.

L'écolier de Cunégonde mettait tant d'application à écouter sa jeune maîtresse, qu'il ne tarda pas à savoir ces deux vers. La première fois qu'il récita en balbutiant la leçon qu'on lui répétait tous les jours, la joie de Cunégonde fut au comble. Peu à peu il se forma et finit par la redire sans faire la moindre faute.

Le comte et la comtesse prenaient même plaisir aux progrès de l'oiseau. Adélaïde en fit le sujet d'une nouvelle leçon pour sa fille. Un jour que celle-ci vantait bien haut les progrès de son cher élève, elle lui dit : Ton perroquet a cru trouver un rival dans sa propre image réfléchie par le miroir, et j'en suis très-satisfaite : l'émulation est une cause de succès. Dans toutes les actions de ta vie, cherche toujours un sujet d'émulation. Il me paraît cependant que ton perroquet n'a pas seulement de l'émulation, mais de la jalousie ; il ne sait pas que l'oiseau qu'il voit dans le miroir n'est autre que lui-même. C'est ainsi que les hommes envieux s'égarent dans leur jalousie : ils ne pensent pas que ceux qu'ils regardent comme des rivaux sont hommes comme eux, et qu'ils devraient s'enorgueillir de leurs succès. Peut-être ensuite ne rendé-je pas justice à ton perroquet, et trouve-t-il au contraire plaisir à contempler son image; cependant je ne puis encore l'en louer, car il n'y a rien de plus odieux que la vanité, et j'aime à croire que jamais ma chère Cunégonde n'aura la faiblesse de se laisser entraîner à l'admiration d'elle-même.

Peu à peu Cunégonde apprit à son oiseau une foule de mots et de phrases, et le perroquet ne pouvait se lasser de causer avec sa jeune maîtresse. Dès qu'il la voyait occupée, pour attirer son attention il se mettait à crier : Cunégonde ! Cunégonde ! et il ne cessait que lorsqu'elle lui avait adressé la parole.

Cunégonde était la favorite de l'oiseau ; l'air sévère du comte l'effrayait. Un jour, Adélaïde dit à sa fille : Ton perroquet est en tout semblable aux enfants mal élevés. Ils redoutent ceux qui ont l'air grave, et n'aiment que ceux qui leur font des caresseset leur adressent des compliments.

Quand Cunégonde avait donné à son perroquet un peu de biscuit trempé dans du vin, il devenait si bavard que le comte ne pouvait s'empêcher de rire de ses gentillesses.

III. — Le Perroquet enlevé.

Le comte de Hügel, résigné aux volontés de Dieu, vivait, avec son épouse et sa filie, dans la plus profonde retraite. Il s'occupait de l'éducation de Cunégonde, lisait, écrivait, faisait des promenades ; et,

pour qu'elles ne fussent pas sans but, il
visitait les pauvres du voisinage. Tout-à-
coup le roi fut obligé de faire la guerre; il
livra une grande bataille à ses ennemis,
et fut battu. Une grande maladie, qui
retenait ce prince en prison dans son
palais, l'avait empêché de se mettre à la
tête de ses troupes. Le pays était dans une
position fort critique. On entendait répéter partout que le général en chef n'était
pas capable de rivaliser de talents avec le
chef des troupes ennemies. Tous ceux qui
connaissaient le comte de Hügel auraient
désiré qu'il revînt prendre le commandement de l'armée. Ces vœux, exprimés par
tant de bouches, finirent par arriver aux
pieds du trône. L'ennemi du comte sut
cependant détourner le prince de l'idée de
confier à Rodolphe le commandement de
ses armées, et ses conseils l'emportèrent.

Le roi entama des négociations, et il
fut conclu un armistice de six semaines.

Pendant ce temps, il ordonna des prières publiques, afin d'obtenir du ciel la paix ou la victoire. Le comte de Hügel se rendit un dimanche avec la comtesse, Cunégonde et une partie de sa maison, à une petite église qui était éloignée du château, afin de joindre ses prières à celles des fidèles. Il ne laissa au château que quelques domestiques; toute la famille alla à pied. Le comte dit qu'il ne convenait pas d'aller en voiture, pour implorer les bontés du roi du ciel, quand le pays tout entier se prosternait devant lui.

Le chemin qui conduisait à l'église était bordé de moissons dorées, le soleil du matin éclairait la campagne; les zéphirs se jouaient dans la blonde chevelure de Cunégonde, et le chant des alouettes, qui s'élevaient des sillons, en répétant leurs joyeuses chansons, agitait doucement le cœur.

Il y avait dans l'église une affluence

considérable, tant était grand l'amour que chacun portait au roi. Les prières furent accompagnées d'une solennité qui produisit sur l'esprit une impression profonde.

En retournant au château, Cunégonde pensa pour la première fois à son perroquet; elle avait prié avec une telle ferveur, qu'elle n'y avait pas songé. Je sais bien, se dit-elle, que le petit fripon m'attend avec impatience.

Dès qu'elle fut arrivée, elle monta à sa chambre en appelant son cher oiseau : ne recevant pas de réponse, elle leva le voile de gaze qui couvrait la cage, et quel fut son effroi, quand elle ne l'y trouva plus! Elle courut en toute hâte vers la cuisinière, et lui demanda des nouvelles de son perroquet : celle-ci lui répondit qu'elle ne l'avait pas vu; les deux domestiques en dirent autant. Cunégonde était au désespoir; elle chercha partout son perroquet,

et ne trouva rien ; cette perte lui fut très-
sensible.

Rodolphe et Adélaïde furent très-surpris
de cette disparition, qui n'était accompa-
gnée du détournement d'aucun autre
objet, et ils s'enquirent sérieusement des
causes de son absence. La cuisinière se
trouvant seule avec eux, leur raconta
alors que, tandis que les deux domestiques étaient à l'église, le baron de Grud
était venu pour les voir, avait paru mé-
content de ne pas les trouver, et avait dit
qu'il fallait qu'il eût le perroquet de Cunégonde, pour une cause qu'il se réservait
de lui expliquer plus tard, et qu'il était
monté dans la chambre de la jeune comtesse, avait pris le perroquet, l'avait mis
dans une vieille cage, et était parti, en
priant le comte et la comtesse de lui garder le secret.

Rodolphe ne pouvait pénétrer la cause
pour laquelle le baron avait emporté le

perroquet de Cunégonde. Ils résolurent ae n'en parler à personne.

La pauvre Cunégonde était profondément attristée de la perte de son oiseau. Elle ne voulut pas dîner, et le jeu ne pouvait dissiper son chagrin.

— Mon enfant, lui dit sa mère, tu dois t'attendre, dans le cours de ta vie, à des pertes qui te seront plus sensibles; soumets-toi à la volonté de Dieu; rappelle-toi que, tant qu'on n'a perdu ni son innocence, ni sa vertu, toutes les pertes du monde ne doivent pas vous causer des chagrins. Dieu permet que l'homme éprouve de temps à autre une petite perte, pour devenir possesseur d'un plus grand bien.

Les paroles d'Adélaïde ramenèrent le calme dans l'âme de Cunégonde, qui commença à oublier son perroquet : elle fit disparaître la cage; et au bout de quelques jours elle ne pensait plus à son oiseau avec autant d'amertume. Quelquefois elle disait à sa mère : Je vois maintenant combien il est dur de perdre ce qu'on aime.

— Ma fille, lui répondit la comtesse, ne t'attache pas trop fortement aux choses de cette terre, si tu ne veux pas que la douleur que te causera sa perte soit trop profonde.

Tandis que Cunégonde pleurait son perroquet, le comte pensait, en soupirant, aux misères du pays, et aux dangers qui le menaçaient : chaque soir il ordonnait qu'une prière fût faite dans la chapelle du château, pour le salut de sa patrie.

IV. — Innocence de Rodolphe reconnue.

Quelques jours après la disparition du perroquet de Cunégonde, un envoyé du roi se présenta au château, et vint apporter au comte une lettre du prince. Cette lettre nommait le comte général en chef des forces du royaume, et lui ordonnait de partir le lendemain, au matin, pour la cour, afin de pouvoir entrer en campagne le plus tôt qu'il serait possible, s'il n'y avait pas moyen d'obtenir la paix. Le roi demandait Adélaïde et Cunégonde.

L'envoyé du roi partit sur-le-champ avec une lettre du comte, qui remerciait le roi de la faveur dont il était l'objet; mais il ne dit pas à Rodolphe un seul mot sur la cause qui pouvait l'avoir fait rentrer en grâce.

Le comte remercia Dieu d'avoir permis qu'il reconquît l'estime du monarque, et lui demanda son assistance dans les combats qu'il aurait à soutenir.

Le lendemain, Rodolphe partit pour la cour, accompagné de sa famille, et fut reçu par le roi avec une grâce particulière. Ce bon prince fut touché jusqu'aux larmes en revoyant le comte, et il le remercia de la générosité avec laquelle il mettait son bras au service de son pays.

Le roi les conduisit dans l'appartement de la reine, qui s'appelait Amélie. Elle reçut avec bienveillance toute la famille de Hügel, et donna sa main à baiser à Cunégonde. Tout-à-coup un perroquet sur une table, et enfermé dans une cage d'argent, se mit à dire :

> Rodolphe est fidèle à son roi ;
> Jamais il n'a trahi sa foi !

Puis il cria : Cunégonde ! Cunégonde !

Le comte, Adélaïde et Cunégonde furent saisis d'étonnement, et ils s'écrièrent en même temps : Comment ! notre perroquet ici !

—Oui, mes amis, leur dit la reine, c'est Dieu qui l'a ordonné.

Cunégonde ne put retenir des larmes de joie ; elle s'approcha de son cher oiseau, qui battit des ailes à sa vue, et témoigna par ses cris la joie qu'il éprouvait à la revoir.

Le roi dit alors à Rodolphe : Vous savez, mon cher comte, quel est l'homme qui m'égara sur votre fidélité. Le malicieux Reincke vous surveillait attentivement depuis votre retraite, et rien de ce qui se passait dans votre château ne lui était caché : il épiait quelques plaintes échappées à votre tristesse, pour en faire le sujet d'une nouvelle accusation.

Il vous avait fait entourer d'espions. Il apprit par eux que Cunégonde avait un perroquet, et il me rapporta qu'on avait appris quelques vers pleins d'injures contre ma personne. Indigné de cette ingratitude, j'en parlai au baron de Grud. Celui-ci me dit qu'il n'y pouvait croire, et il me proposa d'éclaircir cette affaire. Comme son impartialité m'est connue, je le chargeai de cette mission. Ce fut dans le but de connaître la vérité, qu'il vous fit une vi-

sites, et, comme il pensa que son récit ne
serait pas pour moi une preuve suffisante
de votre innocence, il enleva le perroquet
de Cunégonde, sans prévenir personne de
son projet, puis il le porta à la reine, en
la priant de le garder pendant quelques
jours, et de me répéter ensuite ce qu'elle
entendrait dire à l'oiseau. La reine ne
tarda pas à venir me trouver, et me conduisit dans sa chambre, où j'entendis les
vers que Cunégonde avait appris à son
perroquet. Les dépositions de Reïncke
contre vous me devinrent suspectes; et je
fit aussitôt venir deux officiers en retraite,
qui avaient déposé contre vous. Je les
conjurai de me dire la vérité; et, moitié
par persuasion, moitié par crainte, j'obtins
d'eux l'aveu qu'ils avaient été corrompus
par Reïncke, dont la haine contre vous
venait de l'opposition que vous aviez
mise à l'avancement d'un de ses parents.

Reïncke ne pouvait plus dissimuler sa

perfidie; je fis grâce aux deux officiers, et je jetai en prison ce lâche calomniateur. Je rends grâce au ciel qu'il ait permis qu'un perroquet m'ait fait connaître la vérité qui m'avait toujours été cachée. Ce sera à lui que je devrai le salut de la patrie.

V. — Générosité du comte. — Grande victoire.

Les tentatives de paix furent dédaigneusement rejetées par un ennemi victorieux. Le roi eut avec le comte plusieurs entretiens particuliers, et arrêta avec lui son plan de campagne. On fit de rapides préparatifs, pour réparer la dernière défaite. La nouvelle de la nomination du comte au commandement de l'armée ranima le courage des troupes, et rendit l'espérance à tout le royaume. Le comte se prépara

à entrer en campagne; il prit congé de son
épouse et de sa fille, qui ne pouvaient
penser sans effroi aux dangers qui les menaçaient. Le comte les consola toutes
deux, se recommanda à leurs prières, et
partit.

Adélaïde et Cunégonde restèrent à la
cour, suivant le désir du roi. La reine
aimait vivement Cunégonde, dont la can-
deur avait charmé toute la cour.

La reine voulut rendre à la jeune fille
le perroquet qui lui avait été dérobé; mais
celle-ci pria la princesse de le garder
comme une faible marque de son respect.

La réputation de l'oiseau, cause de si
grands événements, s'étendit par tout le
royaume; chacun aimait à redire son histoire, et à y reconnaître le doigt de Dieu,
qui avait permis qu'un animal sans raison
fût l'auteur du salut de la patrie. Comme
on était curieux de voir le célèbre perroquet, à certain jour de la semaine il était

exposé dans une salle, où chacun était admis à le visiter.

La bonne petite Cunégonde, qui avait reçu de son père des instructions particulières avant son départ, profitait de l'instant où elle était seule avec son cher perroquet, pour lui apprendre des choses nouvelles, en ayant soin que ce fût à l'insu de la reine.

Un jour que le roi, la reine, Adélaïde, Cunégonde et plusieurs personnes de la cour étaient près de la cage, et admiraient les gentillesses du perroquet, celui-ci se mit à répéter, avec une netteté qui étonna tout le monde :

Je supplie le roi, notre maître,
D'oublier que Reïncke fut traître !

— Voilà, s'écria le roi, une ingénieuse invention de Cunégonde ; mais, ma jeune amie, je ne puis pardonner à Reïncke : je dois à votre père une entière réparation des maux qu'il a soufferts. Cunégonde présenta alors au prince la prière que son père lui avait remise, et pria Sa Majesté d'avoir égard à la pétition de son père.

Le roi lut, à haute voix, la pétition du comte, et s'écria : Le comte de Hügel doit être heureux dans les combats, si Dieu veille sur mon peuple et sur moi ; sa générosité doit lui mériter la victoire ; sa demande sera exaucée, car c'est la plus belle et la plus noble qui m'ait été soumise.

Reïncke fut aussitôt mis en liberté : mais le roi l'exila de la cour, et lui assigna une pension de cinq cents florins, avec l'ordre de se retirer dans un endroit écarté, pour y vivre ignoré de la cour.

Le bruit de la belle action du comte se répandit, et chacun en fut émerveillé.

Un héraut arriva bientôt à la cour, et annonça au roi que l'armée ennemie avait été complètement battue, et qu'il se passerait beaucoup de temps avant que les vaincus pussent reprendre les armes, tant leur défaite avait été complète. Cette heureuse victoire fut célébrée dans tout le royaume par des actions de grâce et des réjouissances publiques.

La paix, qui résulta de cette éclatante victoire, fut très-favorable au pays. Le comte fut comblé d'honneurs, et le roi ne voulut pas permettre que Cunégonde quittât la cour. La reine l'attacha à sa personne. Quant au perroquet, après sa mort il fut empaillé, et déposé dans le garde-meuble. On mit au-dessus de sa tête une inscription rappelant son histoire.

FIN.

TABLE

—

FIN DE LA TABLE

Limoges. — Imp. E. Ardant et C°